W0288887

Meilleurs vœux !

DANS LA MÊME COLLECTION
POUR CÉLÉBRER LES FÊTES DE FIN D'ANNÉE

C'est Noël ! 6 contes à lire pendant les fêtes, Librio n° 1357
OuLiPo, *Cher Père Noël. Vraies lettres inventées*, Librio n° 1280
Jean Baubérot, *Petite Histoire du christianisme,* Librio n° 858
Diane Béduchaud, *La Petite Histoire de Noël*, Librio n° 1243
Dickens, *Un chant de Noël,* Librio n° 146
Claude Montserrat, *Les Grands Textes de la Bible*, Librio n° 1381
Jacques de Voragine, *La Légende dorée. Vie des douze apôtres,* Librio n° 668

Meilleurs vœux !

Les plus beaux textes à lire pour la nouvelle année

Textes choisis
par Astrid Chauvineau

Librio

L'orthographe de certains poèmes a été modernisée par l'éditeur.

Sommaire

Première partie
Poésie

1. **Ovide (43-18 av. J.-C.)**
Les Fastes 9

2. **Guillaume Dufay (1400-1474)**
Bon jour, bon mois 12

3. **Mellin de Saint-Gelais (1491-1558)** 14

4. **Maurice Scève (vers 1500-vers 1560)**
Délie 15

5. **Joachim Du Bellay (vers 1522-1560)**
Du premier jour de l'an 16

6. **Paul Scarron (1610-1660)** 19

7. **Alphonse de Lamartine (1790-1869)**
Pour le premier jour de l'année 20

8. **Victor Hugo (1802-1885)**
Janvier est revenu 25

9. **Agénor Altaroche (1811-1884)**
Mes souhaits de bonne année 26

10. **Charles Baudelaire (1821-1867)**
Un plaisant 29

11. **Louis-Honoré Fréchette (1839-1908)**
Le premier janvier 30

12. **Louis-Honoré Fréchette (1839-1908)**
Le premier de l'an 32

13. **Paul Verlaine (1844-1896)**
Pour le nouvel an 34

14. **Jacques Normand (1848-1931)**
Nouvelle année 35

15. **Nérée Beauchemin (1850-1931)**
Anne-Marie 38

16. Arthur Rimbaud (1854-1891)
Les Étrennes des orphelins 41

17. Georges Rodenbach (1855-1898)
La Veillée du dernier jour de l'an.............................. 45

18. Louisa Paulin (1888-1944)
La nouvelle année 49

19. Tristan Derème (1888-1941)
Bonne année 50

20. Stéphane Mallarmé (1842-1898)
Dons de fruits glacés au nouvel an 52

21. Stéphane Mallarmé (1842-1898)
Autres dons de nouvel an 62

22. Edmond Rostand (1868-1918)
Ballade de la nouvelle année.................................. 69

Deuxième partie
Miscellanées

1. Madame de Sévigné (1626-1696)
Lettre au comte de Bussy-Rabutin 73

2. Émile Zola (1840-1902)
Les Étrennes de la mendiante 75

3. Friedrich Nietzsche (1844-1900)
Le Gai Savoir 78

4. Guy de Maupassant (1850-1893)
Étrennes 80

5. Jules Renard (1864-1910)
Le Jour de l'an... 86

6. Marcel Proust (1871-1922)
À la recherche du temps perdu 89

Troisième partie
Aphorismes et citations

« Puisse le ciel verser sur toutes vos années… 95

Première partie

Poésie

1

Ovide
(43-18 av. J.-C.)

Les Fastes

Janus paraît, et vous annonce une année heureuse, ô Germanicus ; c'est par son nom que j'inaugure mes chants. Dieu à double visage, c'est de toi que part l'année pour s'écouler sans bruit ; toi qui, sans tourner la tête, vois ce que nul autre dieu ne peut voir, montre-toi propice aux chefs dont l'active sollicitude donne le repos à l'Océan et la sécurité à la terre, qui nous prodigue ses trésors ; montre-toi propice à tes sénateurs, au peuple de Quirinus, et, d'un signe, ouvre-nous les portes de ton magnifique sanctuaire.

Un jour fortuné se lève ; silence et recueillement : une fête demande des paroles de fête. Plaideurs, laissez reposer nos oreilles ; trêve, trêve à vos criailleries insensées ! Reprends haleine, race à la langue envenimée ! Voici que s'allument des feux dont l'air se parfume ; voici que pétille, au foyer, le safran, la fleur de Cilicie ; l'éclat de la flamme est répété par l'or des temples, et se joue aux voûtes sacrées en clartés vacillantes. On monte à la roche tarpéienne en habits de fête, et le peuple veut que la blancheur de ses vêtements soit le symbole de cette solennité. Déjà les faisceaux marchent devant les nouveaux consuls ; la nouvelle pourpre attire les regards éblouis ; de nouveaux magistrats se sont assis sur l'ivoire éclatant des chaises curules. Les jeunes taureaux qu'ont nourris les gras pâturages des Falisques présentent aux coups de la hache leur tête que le joug avait respectée. Salut, jour fortuné !

apporte-nous toujours d'heureux présages ; tu mérites les hommages d'un peuple roi ; Jupiter n'aperçoit rien qui n'appartienne à Rome, quand, du haut de l'Olympe, il contemple l'univers. [...]

Il se tut, et ses traits me disaient que, si je lui adressais de nouvelles demandes, il ne refuserait pas de me satisfaire ; enhardi, et délivré de ma première frayeur, je lui rendis grâces, et je prononçai ce peu de mots les yeux baissés vers la terre : « Dites-moi, ô Janus, pourquoi l'année s'ouvre par l'hiver, quand il serait si naturel qu'elle recommençât avec le printemps. Alors tout fleurit ; c'est partout comme un autre âge qui s'annonce : le bourgeon se hâte d'éclore sur le sarment gonflé de sève ; l'arbre cache sa nudité sous son nouveau feuillage ; le grain germe et l'herbe s'élève jusqu'à la hauteur des sillons ; l'air attiédi résonne du chant des oiseaux ; les troupeaux bondissent dans la prairie. Alors le soleil est bienfaisant, l'hirondelle se montre après une longue absence, et façonne son nid d'argile sous la poutre de nos toits ; alors le sol est rendu à la culture, et se renouvelle sous la charrue. Comment ne pas reconnaître à tous ces signes la véritable renaissance de l'année ? » À ma longue question le dieu fit sans délai cette brève réponse : « C'est en hiver que le soleil commence et achève son cours : Phébus et l'année doivent repartir ensemble. »

Je m'étonnais ensuite que les tribunaux ne fussent pas fermés à ce premier jour : « En voici la cause, me dit Janus : je n'ai pas voulu que les affaires fussent alors suspendues, de peur qu'après un tel début, l'année entière ne s'écoulât dans l'oisiveté ; aussi chaque ouvrier met-il la main à son métier et prélude à ses travaux ordinaires.

– Pourquoi, repris-je, offrant un sacrifice à d'autres dieux, dois-je pourtant commencer par offrir à vous-même et l'encens et le vin ?

– Afin que, gardien des célestes demeures, je ménage à tes prières un accès facile vers chaque divinité.

– Pourquoi, au jour de vos Calendes, ces souhaits de bonheur, ces paroles bienveillantes, que nous échangeons entre nous ? »

Alors, s'appuyant sur le bâton que tenait sa main droite, « Un présage, dit-il, est attaché au commencement de toute chose ; toute première parole est écoutée avec une attention craintive ; c'est l'oiseau aperçu le premier qui fait loi pour l'augure. Les temples viennent de s'ouvrir ; les dieux prêtent l'oreille ;

aucune des prières que prononce la bouche des mortels n'est perdue, chaque syllabe en retentit aux cieux. »

Janus avait déjà fini, mais je ne gardai pas longtemps le silence, et ma voix se mêlant presque aux derniers accents de la sienne : « Que signifient, lui dis-je, les dattes, les figues ridées, le miel blanc dans un vase blanc, que les Romains s'offrent alors ?

– Ce sont autant de présages ; on souhaite par là que l'agréable saveur du présent se retrouve dans la destinée, et que l'année, dans son cours, soit exempte de toute amertume. »

Les Fastes, Nisard, 1857.

2

Guillaume Dufay
(1400-1474)

Bon jour, bon mois

Bon jour, bon mois, bon an et bonne étrenne
Vous donne celui qui tout tient en domaine[1],
Richesse, honneur, santé, joie sans fin,
Bonne fame[2], belle dame, bon vin,
Pour maintenir la créature saine.

Après vous donne qu'en joie on vous demaine[3]
Et liesse tantôt on vous amène ;
Ainsi pourrez avoir, soir et matin,
Bon jour, bon mois, bon an et bonne étrenne ;
Vous donne celui qui tout tient en domaine,
Richesse, honneur, santé, joie sans fin.

Et puis vous donne espérance certaine
Sans tristesse, sans pensée vilaine ;
Tous vos désirs accomplis de cœur fin.
Sans contredit soyez en la parfin[4]
Lassus[5] logée en gloire souveraine.

1. En sa possession.
2. Renommée.
3. Que vous demeuriez en joie.
4. À la fin.
5. Là-haut.

Bon jour, bon mois, bon an et bonne étrenne
Vous donne celui qui tout tient en domaine,
Richesse, honneur, santé, joie sans fin,
Bonne fame, belle dame, bon vin,
Pour maintenir la créature saine.

John Frederick Randall Stainer,
Dufay and his contemporaries : fifty compositions, Novello, 1898.

**Pour écouter le poème chanté,
scannez le QR code ci-dessous :**

https://youtu.be/TkLFxDwCO5g?si=uD9Z-Sb1gKqnT1eN

3

Mellin de Saint-Gelais
(1491-1558)

Quand vous tiendriez, de moi seul étrennée,
Vos biens du corps et de l'entendement,
Et que par moi vous advint cette année
De vos désirs entier contentement,
Si que Janus par mes vœux seulement
Vous montrât douce et l'une et l'autre face,
Si me tiendrais-je incomparablement
Mieux étrenné de votre bonne grâce.

En lieu de mai, de dorure, ou de chaîne
À ce matin premier jour de l'année
Je vous envoie un brin de gui de chêne ;
N'êtes-vous pas richement étrennée ?
Cette façon d'en donner n'est pas née
De moi premier : les vieux Druides sages
En présentaient ce jour pour bons présages.
Oh ! qu'en ce gui tel signe fût compris
(Puisque la glu se fait de ses feuillages)
Que votre cœur du mien dût être pris !

Œuvres complètes de Mellin de Saint-Gelais,
Paul Daffis, 1873.

4

Maurice Scève
(vers 1500-vers 1560)

CCV

Si ne te puis pour étrennes donner
Chose, qui soit selon toi belle, & bonne,
Et que par fait on ne peut guerdonner[1]
Un bon vouloir, comme raison l'ordonne,
  Au moins ce don je le présente, et donne,
Sans autre espoir d'en être guerdonné :
Qui, trop heureux ainsi abandonné :
Est, quant à toi, de bien petite estime[2] :
  Mais, quant à moi, qui tout le t'ai donné,
C'est le seul bien, après toi, que j'estime.

Délie, objet de plus haulte vertu,
Société des textes français modernes, 2001.

1. Récompenser une bonne intention.
2. À un petit prix comparé à ton mérite.

5

Joachim Du Bellay
(vers 1522-1560)

Du premier jour de l'an

Au Seigneur Bertran Bergier.

Voici le Père au double front,
Le bon Janus, qui renouvelle
Le cours de l'an, qui en un rond
Amène la saison nouvelle.
Renouvelons aussi
Toute vieille pensée,
Et tuons le souci
De fortune insensée.
Sus donc, que tardons-nous encore ?
Avant que vieillards devenir,
Chassons le soin, qui nous dévore
Trop curieux de l'avenir.
Ce qui viendra demain,
Ja pensif ne te tienne :
Les Dieux ont en leur main
Ta fortune, et la mienne.
Tu vois de neige tout couverts
Les sommets de la forêt nue,
Qui quasi envoie à l'envers
Le faîte de sa tête chenue.
La froide bise ferme

Le gosier des oiseaux,
Et les poissons enferme
Sous le cristal des Eaux.
Veux-tu attendre les frimas
De l'hiver, qui déjà s'apprête,
Pour faire de neige un amas
Sur ton menton, et sur ta tête ?
Que tes membres transis
Privé de leur verdeur,
Et les nerfs endurcis
Tremblent tous de froideur ?
Quand la saison amollira
Tes bras autrefois durs et raides,
Ainsi donc malgré toi périra
Le feu de tes moelles froides.
Que toute herbe, ou étuve,
Tout génial repas,
Mais tout l'Aethne[1], et Vésuve
Ne réchaufferaient pas.
Mon fils, c'est assez combattu,
(Disait la mère au fort grégeois,)
Pourquoi ne te réjouis-tu
Avec ces filles quelques fois ?
Les vins, l'amour consolent
Le triste cœur de l'Homme :
Les ans légers s'envolent,
Et la mort nous assomme.
Je te souhaite pour t'ébattre
Durant cette morte saison,
Un plaisir, voire trois, ou quatre,
Que donne l'amie maison.
Bon vin en ton cellier,
Beau feu, nuit sans souci,
Un ami familier,
Et belle amie aussi.
Qui de son luth, qui de sa voix
Endorme souvent tes ennuis,
Qui de son babil quelquefois

1. Etna.

Te fasse moins durer les nuits.
Au lit folâtre autant
Que ces chèvres lascives,
Lorsqu'elles vont broutant
Sur les herbeuses rives.

Œuvres complètes, ode VI, Édition Séché, 1903.

6

Paul Scarron
(1610-1660)

Puisque, hélas ! à cet an nouveau,
Je n'ai rien d'assez bon, je n'ai rien d'assez beau
De quoi vous bâtir une étrenne,
Contentez-vous de mes souhaits.

Recueil de quelques vers burlesques,
Toussaint Quinet, 1643.

7

Alphonse de Lamartine
(1790-1869)

Pour le premier jour de l'année

Des moments les heures sont nées,
Et les heures forment les jours,
Et les jours forment les années
Dont le siècle grossit son cours.

Mais toi seul, ô mon Dieu, par siècles tu mesures
Ce temps qui sous tes mains coule éternellement !
L'homme compte par jours ; tes courtes créatures
Pour naître et pour mourir ont assez d'un moment.

Combien de fois déjà les ai-je vus renaître,
Ces ans si prompts à fuir, si prompts à revenir !
Combien en compterai-je encore ? Un seul peut-être !
Plus le passé fut plein, plus vide est l'avenir.

Cependant les mortels avec indifférence
Laissent glisser les jours, les heures, les moments ;
L'ombre seule marque en silence
Sur le cadran rempli les pas muets du temps.
On l'oublie ; et voilà que les heures fidèles
Sur l'airain ont sonné minuit,
Et qu'une année entière a replié ses ailes
Dans l'ombre d'une seule nuit !

De toutes les heures qu'affronte
L'orgueilleux oubli du trépas,
Et qui sur l'airain qui les compte
En fuyant impriment leurs pas,
Aucune à l'oreille insensible
Ne sonne d'un glas plus terrible
Que ce dernier coup de minuit,
Qui, comme une borne fatale,
Marque d'un suprême intervalle
Le temps qui commence et qui fuit.

Les autres s'éloignent et glissent
Comme des pieds sur les gazons,
Sans que leurs bruits nous avertissent
Des pas nombreux que nous faisons ;
Mais cette minute accomplie
Jusqu'au cœur léger qui l'oublie
Porte le murmure et l'effroi ;
Elle frémit à notre oreille,
Et loin de l'homme qu'elle éveille
S'envole, et lui dit : « Compte-moi !

« Compte-moi ! car Dieu m'a comptée
Pour sa gloire et pour ton bonheur.
Compte-moi ! je te fus prêtée,
Et tu me devras au Seigneur.
Compte-moi ! car l'heure sonnée
Emporte avec elle une année,
En amène une autre demain.
Compte-moi ! car le temps me presse.
Compte-moi ! car je fuis sans cesse,
Et ne reviens jamais en vain. »

Seigneur, père des temps, maître des destinées,
Qui comptes comme un jour nos mille et mille années,
Et qui vois du sommet de ton éternité
Les jours qui ne sont plus, ceux qui n'ont pas été ;

Toi qui sais d'un regard, avant qu'il ait eu l'être,
Quel fruit porte eu son sein le siècle qui va naître :
Que m'apporte, ô mon Dieu, dans ses douteuses mains,
Ce temps qui fait l'espoir ou l'effroi des humains ?
À mes jours mélangés cette année ajoutée
Par la grâce et l'amour a-t-elle été comptée ?
Faut-il la saluer comme un présent de toi,
Ou lui dire en tremblant : « Passe et fuis loin de moi ? »
Les autres tour à tour ont passé, les mains pleines
De désirs, de regrets, de larmes et de peines,
D'apparences sans corps trompant l'âme et les yeux,
De délices d'un jour et d'éternels adieux,
De fruits empoisonnés dont l'écorce perfide
Ne laissait dans mon cœur qu'une poussière aride ;
Mon cœur leur demandait ce qu'elles n'avaient pas,
Et ma bouche à la fin disait toujours : « Hélas ! »
Et qu'attendre de plus des siècles et du monde ?
Je fondais sur le sable et je semais sur l'onde.
Il est temps, ô mon Dieu, que mon cœur détrompé,
Et de ta seule image à jamais occupe,
Te consacre à toi seul ces rapides années
Par mille autres désirs si longtemps profanées,
Et de tenter enfin si des jours pleins de toi,
Dont la lyre et l'autel seraient le seul emploi,
Dont l'étude et l'amour de tes saintes merveilles
Jusqu'au milieu des nuits prolongeraient les veilles,
Et dont l'humble prière, en marquant les instants,
Chargerait d'un soupir chacun des pas du temps,
S'enfuiront loin de moi d'un vol aussi rapide,
Et laisseront mon âme aussi vaine, aussi vide
Que ce temps qui ne laisse, en achevant son cours,
Rien qu'un chiffre de plus au nombre de mes jours !

Bénis donc cette grande aurore
Qui m'éclaire un nouveau chemin ;
Bénis, en la faisant éclore,
L'heure que tu tiens dans ta main !
Si nos ans ont aussi leur germe
Dans cette heure qui le renferme,
Bénis la suite de mes ans,

Comme sur tes tables propices
Tu consacrais dans leurs prémices
La terre et les fruits de nos champs !

Que chaque instant, chaque minute,
Te prie et te loue avec moi,
Que le sablier dans sa chute
Entraîne ma pensée à toi !
Qu'un soupir, à chaque seconde,
De mon cœur s'élève et réponde !
Que chaque aurore en remontant,
Chaque nuit en pliant son aile,
Te dise : « Toute heure est fidèle ;
Compte ta gloire en les comptant ! »

Mais si des jours que tu fais naître
Chaque instant me reporte à toi,
Toi, dont la pensée est mon être,
Souviens-toi sans cesse de moi !
Donne-moi ce que le pilote
Sur l'abîme où sa barque flotte
Te demande pour aujourd'hui :
Un flot calme, un vent dans sa voile,
Toujours sur sa tête une étoile,
Une espérance devant lui !

Presse à ton gré, ralentis l'ombre
Qui mesure nos courts instants !
Ajoute ou retranche le nombre
Que ton doigt impose à nos ans !
Ne l'augmente pas d'une aurore !
Le grain sait quand il doit éclore,
L'épi sait quand il faut mûrir :
Un jour le flétrirait peut-être.
Seul tu savais l'heure de naître,
Seul tu sais l'heure de mourir !

Qu'enfin sur l'éternelle plage
Où l'on comprend le mot Toujours,
Je touche, porté sans orage

Par le flux expirant des jours,
Comme un homme que le flot pousse
Vient d'un pied toucher sans secousse
La marche solide du port,
Et de l'autre, loin de la rive,
Repousse à l'onde qui dérive
L'esquif qui l'a conduit au bord !

Œuvres complètes de Lamartine, III-IV :
Harmonies poétiques et religieuses,
livre quatrième, Charles Gosselin et Furne, 1860.

8

Victor Hugo
(1802-1885)

Janvier est revenu

Janvier est revenu. Ne crains rien, noble femme !
Qu'importe l'an qui passe et ceux qui passeront !
Mon amour toujours jeune est en fleur dans mon âme ;
Ta beauté toujours jeune est en fleur sur ton front.
Sois toujours grave et douce, ô toi que j'idolâtre ;
Que ton humble auréole éblouisse les yeux !
Comme on verse un lait pur dans un vase d'albâtre,
Emplis de dignité ton cœur religieux.

Brave le temps qui fuit. Ta beauté te protège.
Brave l'hiver. Bientôt mai sera de retour.
Dieu, pour effacer l'âge et pour fondre la neige,
Nous rendra le printemps et nous laisse l'amour.

1er janvier 1842.

Dernière gerbe, Calmann Levy, 1902.

9

Agénor Altaroche
(1811-1884)

Mes souhaits de bonne année

Encore un premier jour de l'an
Que le temps nous apporte !
Cette date donne l'élan
Aux vœux de toute sorte.
Puissiez-vous, gais et bien portants,
Quand reviendra la fête,
En faire encore après cent ans…
  Oui, je vous le souhaite !

Ménages où l'on voit lié
Le printemps et l'automne,
Vieux maris, près de vos moitiés
Que jeunesse aiguillonne,
À bon droit, vous en attendez
Fidélité parfaite,
Pur amour, serments bien gardés…
  Oui, je vous en souhaite !

Que de badauds ambitieux,
Pour s'enrichir plus vite,
Chez nous plongent à qui mieux mieux
En pleine commandite !
Toute action pour spéculer

Leur est de bonne emplette ;
Les dividendes vont grêler...
  Oui, je leur en souhaite !

La liberté devra beaucoup
À la nouvelle Chambre.
On va te limer sur son cou
Vil carcan de septembre !
Source de salutaires lois,
La Réforme complète
Même au génie offre des droits...
  Oui, je vous en souhaite !

Nos diplomates couards et mous,
Que partout on brocarde,
Au lieu de se mettre à genou,
Sauront se mettre en garde.
Le coq du peuple souverain
Redressera sa crête,
Le long des frontières du Rhin...
  Oui, je le lui souhaite !

On promet des amendements
A nos taxes trop dures ;
On sape les gros traitements,
Les grasses sinécures.
L'Amérique sur nos écus
N'enverra plus de traite ;
Les princes ne quêteront plus...
  Oui, je vous en souhaite !

Notre théâtre n'est plus veuf
Veuf de la tragédie.
Il en naît une à l'esprit neuf,
À la sphère agrandie.
Dumas de sa mémoire l'eût,
C'est Ida qui l'allaite,
Et l'art en attend son salut...
  Oui, je le lui souhaite !

Qui trop embrasse mal étreint,
Nous dit un vieil adage,
Je vais d'un souhait plus restreint
Français, vous faire hommage.
Par les complots qu'on voit pleuvoir,
Puisse dans sa couchette
Chacun de vous dormir ce soir...
    Oui, je vous le souhaite !

Nouvelles chansons politiques, Pagnerre, 1838.

10

Charles Baudelaire (1821-1867)

Un plaisant

C'était l'explosion du nouvel an : chaos de boue et de neige, traversé de mille carrosses, étincelant de joujoux et de bonbons, grouillant de cupidités et de désespoirs, délire officiel d'une grande ville fait pour troubler le cerveau du solitaire le plus fort.

Au milieu de ce tohu-bohu et de ce vacarme, un âne trottait vivement, harcelé par un malotru armé d'un fouet.

Comme l'âne allait tourner l'angle d'un trottoir, un beau monsieur ganté, verni, cruellement cravaté et emprisonné dans des habits tout neufs, s'inclina cérémonieusement devant l'humble bête, et lui dit, en ôtant son chapeau : « Je vous la souhaite bonne et heureuse ! » puis se retourna vers je ne sais quels camarades avec un air de fatuité, comme pour les prier d'ajouter leur approbation à son contentement.

L'âne ne vit pas ce beau plaisant, et continua de courir avec zèle où l'appelait son devoir.

Pour moi, je fus pris subitement d'une incommensurable rage contre ce magnifique imbécile, qui me parut concentrer en lui tout l'esprit de la France.

Œuvres complètes de Charles Baudelaire, IV :
Petits poèmes en prose, *Les Paradis artificiels*,
Michel Lévy frères, 1869-1870.

11

Louis-Honoré Fréchette
(1839-1908)

Le premier janvier

Tempus odax rerum.

Vents qui secouez les branches pendantes
Des sapins neigeux au front blanchissant ;
Qui mêlez vos voix aux notes stridentes
Du givre qui grince aux pieds du passant ;

Nocturnes clameurs qui montez des vagues,
Quand l'onde glacée entre en ses fureurs ;
Bruits sourds et confus, rumeurs, plaintes vagues
Qui troublez du soir les saintes horreurs ;

Craquement du froid, murmures des ombres,
Frissons des forêts que l'hiver étreint,
Taisez-vous !... Du haut des vastes tours sombres,
La cloche a jeté ses sanglots d'airain !...

Voix mystérieuse au fond du ciel blême,
Le bronze a sonné douze coups, – minuit !
C'est le dernier mot, c'est l'adieu suprême
Que le présent jette au passé qui fuit.

Minute fatale, insensible étape,
Rapide moment sitôt emporté,
Cet instant qui naît et qui nous échappe
A fait faire un pas à l'Éternité !

Plus prompt que l'éclair ou l'oiseau qui vole,
Ce temps qu'on dépense en vœux superflus,
Ce temps qu'on gaspille en calcul frivole,
Quand on va l'atteindre, il n'est déjà plus !

Un an vient de fuir, un autre commence...
Penseurs érudits, raisonneurs subtils,
Vous qui disséquez la nature immense,
Ces ans qui s'en vont, dites, où vont-ils ? –

Ils vont où s'en va tout ce qui s'effondre ;
Où vont nos destins à peine aperçus ;
Dans l'abîme abrupt où vont se confondre
Avec nos bonheurs nos espoirs déçus ;

Ils vont où s'en va la vaine fumée
De tous nos projets de gloire et d'amour ;
Où va le géant, où va le pygmée,
L'arbre centenaire et la fleur d'un jour ;

Où vont nos sanglots et nos chants de fête,
Où vont jeunes fronts et chefs tremblotants,
Où va le zéphyr, où va la tempête,
Où vont nos hivers, où vont nos printemps !...

Temps ! Éternité ! mystère insondable !
Tout courbe le front devant vos grandeurs,
Problème effrayant, gouffre inabordable,
Quel œil peut plonger dans vos profondeurs ?

Atomes sans nom perdu dans l'espace,
Nous roulons sans cesse en flots inconstants ;
Seul le Créateur, devant qui tout passe,
Immuable, plane au-dessus des temps.

Les Fleurs boréales, C. Darveau, 1879.

12

Louis-Honoré Fréchette
(1839-1908)

Le premier de l'an

C'est le premier de l'an ! Allégresse partout !
On s'aime, on se caresse, on s'embrasse, on se choie…
Mais le premier de l'an, pour les petits surtout,
Est un jour d'ineffable joie.

Pour les enfants la vie est un céleste accord ;
Chaque nouvelle année au bonheur les invite :
À cet âge naïf on ne sait pas encor
Combien le temps s'envole vite.

Pour eux point de soucis, nul chagrin n'est profond :
Ces cœurs que rien ne blesse ont en eux leur dictame ;
Et pourtant qui dira ce qui se passe au fond,
Quelquefois de la petite âme ?

Je connais des parents qui, sur leur seuil joyeux,
Ayant vu s'arrêter le spectre au front livide,
– Des sanglots plein la voix, des larmes plein les yeux,
Se penchent sur un berceau vide.

Le pauvre ange est parti, par la mort emporté ;
– Pères qui m'entendez, Dieu vous garde les vôtres ! –
Ils ne blasphèment pas, non, car en sa bonté
Le ciel leur en a donné d'autres.

Tous trois sont là, groupés au milieu de monceaux
De cadeaux radieux, – bonbons, tambours, épées,
Chevaux de bois, soldats de plomb, frêles berceaux
Où dorment de roses poupées.

Oh ! les bons cris de joie ! oh ! la franche gaîté !...
Doux échappés du ciel, qui donc pourrait décrire
Ce timbre d'innocence et de sérénité
Qui sonne en votre éclat de rire !

Le cœur gonflé, le père ose à peine parler ;
Et, tandis qu'autour d'eux le frais essaim se joue,
La pauvre mère est là, triste, et qui sent couler
Deux grosses larmes sur sa joue.

– Allons, dit le brave homme, en couvrant de baisers
Les petits innocents à la voix de mésanges,
Ces jouets sont à vous ; prenez et divisez
Entre vous trois, mes petits anges...

Or, comme l'on faisait quatre parts, étonné :
– Pour qui, dit le papa, cette autre part entière ?
Et, levant ses grands yeux : – C'est, répondit l'aîné,
Pour petit frère au cimetière !

Les Fleurs boréales, C. Darveau, 1879.

13

Paul Verlaine
(1844-1896)

Pour le nouvel an

À Saint-Georges de Bouhélier.

La vie est de mourir et mourir c'est naître
Psychologiquement tout comme autrement
Et l'année ainsi fait, jour, heure, moment,
Condition *sine qua non*, cause d'être.

L'autre année est morte, et voici la nouvelle
Qui sort d'elle comme un enfant du corps mort
D'une mère mal accouchée, et n'en sort
Qu'aux fins de bientôt mourir mère comme elle.

Pour naître mourons ainsi que l'autre année ;
Pour naître, où cela ? Quelle terre ou quels cieux
Verront aborder notre envol radieux ?

Comme la nouvelle année, en dieu, parbleu !
Soit sous la figure éternelle incarnée,
Soit en qualité d'ange blanc dans le bleu.

Œuvres posthumes de Paul Verlaine,
tome I, Messein, 1911.

14

Jacques Normand
(1848-1931)

Nouvelle année

Le temps, d'un geste familier,
A retourné son sablier ;
Janvier va remplacer décembre,
Et, de l'horloge, à petit bruit,
Les douze larmes de minuit
Viennent de rouler dans la chambre.
Le front couronné de jasmin
Et de frais rubans pomponnée,
Voici venir la jeune année...
Bonsoir, hier ! Bonjour, demain !

Aux devantures des marchands
Brillent des pantins alléchants,
Dardant l'émail de leurs prunelles ;
Cette nuit, dans leurs draps frileux,
Les garçons font des rêves bleus
Où passent des polichinelles.
Les filles voient sur leur chemin
Quelque poupée enrubannée...
Voici venir la jeune année :
Bonsoir, hier ! Bonjour, demain !

Les grands sont de la fête aussi.
Madame, qui n'a pour souci

Que de paraître toujours belle,
Voit passer dans les cieux sereins
Des anges portant des écrins
Et des bijoux par ribambelle.
Oh ! le beau rêve surhumain,
D'être plus qu'une châsse, ornée...
Voici venir la jeune année :
Bonsoir, hier ! Bonjour, demain !

Monsieur, lui, quarante ans passés,
Ventre rond, cheveux... espacés,
– L'âge des ambitions mûres –
Rêve qu'on rend justice, enfin,
À son esprit puissant et fin
Aux combinaisons toujours sûres.
De quel joli trait de carmin
Sa boutonnière est dessinée...
Voici venir la jeune année ;
Bonsoir, hier ! Bonjour, demain !

Victime du calendrier
La demoiselle à marier
Qui commence à monter en graine,
Voit surgir un époux exquis
Du fond d'un sac de chez Marquis
Annuelle et modeste étrenne.
Oh ! que vite et sans examen
Son âme entière s'est donnée...
Voici venir la jeune année !
Bonsoir, hier ! Bonjour, demain !

Plein de son rêve habituel,
X..., candidat perpétuel
À l'immortelle Académie,
Se voit, vainqueur incontesté,
Discourant, l'épée au côté,
Devant une assemblée amie.
Tel que Titus, le grand Romain,
Il ne perdra point sa journée...

Voici venir la jeune année :
Bonsoir, hier ! Bonjour, demain !

Le ministre, être passager,
Toujours prêt à déménager
Pour peu que la Chambre le veuille,
Rêve qu'on a créé pour lui
Et qu'on lui remet aujourd'hui
Un immuable portefeuille.
Nargue du parlement gamin
Arbitre de sa destinée !
Voici venir la jeune année :
Bonsoir, hier ! Bonjour, demain !

Maigre dans ton habit râpé,
Et ce soir sans avoir soupé
Cherchant le sommeil sur la paille,
Ô triste gueux, comme tu dois
Rêver en te léchant les doigts
De quelque céleste ripaille !
Ton corps sec comme un parchemin
Danse une gigue irraisonnée…
Voici venir la jeune année :
Bonsoir, hier ! Bonjour, demain !

Et toi, pauvre amant délaissé,
Qui dans notre siècle pressé
Crois à l'amour, cette folie,
Rêve, oh ! rêve suavement,
Don Quichotte du sentiment,
À l'infidèle qui t'oublie !
Regarde… Elle te tend la main…
Elle t'aime, ta Dulcinée…
Voici venir la jeune année :
Bonsoir, hier ! Bonjour, demain !

La Muse qui trotte, Calmann Lévy, 1894.

15

Nérée Beauchemin
(1850-1931)

Anne-Marie

La petite suce son pouce,
Et, pour l'endormir, la maman
Chante d'une voix lente et douce
Quelque chose de bien charmant.

Le lied parle d'une princesse
Qui dort, depuis bientôt cent ans,
Dans un bois où chante sans cesse
Un bel oiseau couleur du temps.

Pour ne rien perdre des merveilles
Que dit ce tant joli vieil air,
Mademoiselle est tout oreilles.
Et, très grand, s'ouvre son œil clair.

La voix de moins en moins sonore
Scande un chant de plus en plus doux :
Mais la bambine ne veut clore
Ses yeux pleins de clairs rires fous.

Pourtant, c'est l'heure où la sorcière
Rôde, et s'en vient, à petits pas,
Jeter du sable à la paupière
Des bébés qui ne dorment pas.

De temps en temps, l'enfant clignote ;
Et petits pieds et petits bras,
Fin orteil et fine menotte,
Frétillent roses sur les draps.

C'est le dernier jour de l'année :
Vers les minuit, quittant son clair
Recoin de crèche illuminée,
Bon Jésus glissera dans l'air.

C'est lui que la petite épie,
C'est lui qu'elle guette en son coin :
L'enfant, un moment assoupie,
A cru le voir venir au loin.

Tout doux, mère tout doux chantonne.
Par le sommeil rapetissé.
L'orbe de la prunelle atone
N'est plus qu'un point presque effacé.

Les pavots capiteux du somme
Distillent leur philtre endormeur :
Les cils mi-clos palpitent comme
L'aile d'un oiseau qui se meurt.

Aux vitres, que la neige frange,
Le givre brode un fin rideau.
Sur les yeux ensommeillés, l'ange
Du soir vient poser son bandeau.

On entend, sous l'auvent qui crie,
La berceuse aux notes de fer,
Aux sons d'orgue de Barbarie,
Que chante le grand vent d'hiver.

Le riche dort ; les pauvres pleurent.
Qu'il chante haut, qu'il chante bas,
Janvier n'endort pas ceux qui meurent
Sur la paille des noirs grabats.

Dors, enfant, dors, cher petit être !
Toi, que n'éveillent point les bruits
Que fait à la sombre fenêtre
Des loqueteux, le chœur des nuits.

Tu ne sais pas que dans la vie
Rôdent de sinistres passants,
Des Hérodes, monstres d'envie,
Qui massacrent les innocents.

Pourquoi te dirais-je ces choses ?
Pourquoi rompre le charme pur
De ces doux rêves blancs et roses
Qui hantent ton sommeil d'azur ?

Rêve encore longtemps, mignonne,
De ce charmant petit Jésus
Qui, bon an mal an, toujours donne
À mains pleines, comme un Crésus.

Garde tes saintes rêveries,
Enfant, le doute est si troublant :
Crois longtemps encore aux féeries
Des Noëls et des jours de l'An.

Les Floraisons matutinales, Victor Ayotte éditeur, 1897.

16

Arthur Rimbaud
(1854-1891)

Les Étrennes des orphelins

I

La chambre est pleine d'ombre ; on entend vaguement
De deux enfants le triste et doux chuchotement.
Leur front se penche, encor alourdi par le rêve,
Sous le long rideau blanc qui tremble et se soulève...
– Au dehors les oiseaux se rapprochent frileux ;
Leur aile s'engourdit sous le ton gris des cieux ;
Et la nouvelle année, à la suite brumeuse,
Laissant traîner les plis de sa robe neigeuse,
Sourit avec des pleurs, et chante en grelottant...

II

Or les petits enfants, sous le rideau flottant,
Parlent bas comme on fait dans une nuit obscure.
Ils écoutent, pensifs, comme un lointain murmure...
Ils tressaillent souvent à la claire voix d'or
Du timbre matinal, qui frappe et frappe encor
Son refrain métallique en son globe de verre...
– Puis, la chambre est glacée... on voit traîner à terre,
Épars autour des lits, des vêtements de deuil :
L'âpre bise d'hiver qui se lamente au seuil
Souffle dans le logis son haleine morose !
On sent, dans tout cela, qu'il manque quelque chose...

– Il n'est donc point de mère à ces petits enfants,
De mère au frais sourire, aux regards triomphants ?
Elle a donc oublié, le soir, seule et penchée,
D'exciter une flamme à la cendre arrachée,
D'amonceler sur eux la laine et l'édredon
Avant de les quitter en leur criant : pardon.
Elle n'a point prévu la froideur matinale,
Ni bien fermé le seuil à la bise hivernale ?...
– Le rêve maternel, c'est le tiède tapis,
C'est le nid cotonneux où les enfants tapis,
Comme de beaux oiseaux que balancent les branches,
Dorment leur doux sommeil plein de visions blanches.
– Et là, – c'est comme un nid sans plumes, sans chaleur,
Où les petits ont froid, ne dorment pas, ont peur ;
Un nid que doit avoir glacé la bise amère...

III

Votre cœur l'a compris : – ces enfants sont sans mère.
Plus de mère au logis ! – et le père est bien loin !...
– Une vieille servante, alors, en a pris soin.
Les petits sont tout seuls en la maison glacée ;
Orphelins de quatre ans, voilà qu'en leur pensée
S'éveille, par degrés, un souvenir riant...
C'est comme un chapelet qu'on égrène en priant :
– Ah ! quel beau matin, que ce matin des étrennes !
Chacun, pendant la nuit, avait rêvé des siennes
Dans quelque songe étrange où l'on voyait joujoux,
Bonbons habillés d'or, étincelants bijoux,
Tourbillonner, danser une danse sonore,
Puis fuir sous les rideaux, puis reparaître encore !
On s'éveillait matin, on se levait joyeux,
La lèvre affriandée, en se frottant les yeux...
On allait, les cheveux emmêlés sur la tête,
Les yeux tout rayonnants, comme aux grands jours de fête,
Et les petits pieds nus effleurant le plancher,
Aux portes des parents tout doucement toucher...
On entrait !... Puis alors les souhaits,... en chemise,
Les baisers répétés, et la gaîté permise ?

IV

Ah ! c'était si charmant, ces mots dits tant de fois !
– Mais comme il est changé, le logis d'autrefois :
Un grand feu pétillait, clair, dans la cheminée,
Toute la vieille chambre était illuminée ;
Et les reflets vermeils, sortis du grand foyer,
Sur les meubles vernis aimaient à tournoyer...
– L'armoire était sans clefs !... sans clefs, la grand armoire !
On regardait souvent sa porte brune et noire...
Sans clefs !... c'était étrange !... on rêvait bien des fois
Aux mystères dormant entre ses flancs de bois,
Et l'on croyait ouïr, au fond de la serrure
Béante, un bruit lointain, vague et joyeux murmure...
– La chambre des parents est bien vide, aujourd'hui :
Aucun reflet vermeil sous la porte n'a lui ;
Il n'est point de parents, de foyer, de clefs prises :
Partant, point de baisers, point de douces surprises !
Oh ! que le jour de l'an sera triste pour eux !
– Et, tout pensifs, tandis que de leurs grands yeux bleus,
Silencieusement tombe une larme amère,
Ils murmurent : « Quand donc reviendra notre mère ? »

V

Maintenant, les petits sommeillent tristement :
Vous diriez, à les voir, qu'ils pleurent en dormant,
Tant leurs yeux sont gonflés et leur souffle pénible !
Les tout petits enfants ont le cœur si sensible !
– Mais l'ange des berceaux vient essuyer leurs yeux,
Et dans ce lourd sommeil met un rêve joyeux,
Un rêve si joyeux, que leur lèvre mi-close,
Souriante, semblait murmurer quelque chose...
– Ils rêvent que, penchés sur leur petit bras rond,
Doux geste du réveil, ils avancent le front,
Et leur vague regard tout autour d'eux repose...
Ils se croient endormis dans un paradis rose...
Au foyer plein d'éclairs chante gaîment le feu...
Par la fenêtre on voit là-bas un beau ciel bleu ;
La nature s'éveille et de rayons s'enivre...
La terre, demi-nue, heureuse de revivre,
A des frissons de joie aux baisers du soleil...

Et dans le vieux logis tout est tiède et vermeil :
Les sombres vêtements ne jonchent plus la terre,
La bise sous le seuil a fini par se taire...
On dirait qu'une fée a passé dans cela !...
– Les enfants, tout joyeux, ont jeté deux cris... Là,
Près du lit maternel, sous un beau rayon rose,
Là, sur le grand tapis, resplendit quelque chose...
Ce sont des médaillons argentés, noirs et blancs,
De la nacre et du jais aux reflets scintillants ;
Des petits cadres noirs, des couronnes de verre,
Ayant trois mots gravés en or : « À notre mère ! »

2 janvier 1870.

Poésies complètes, Léon Vanier éditeur, 1895.

17

Georges Rodenbach
(1855-1898)

La Veillée du dernier jour de l'an

I

C'est encore une année en fuite et qui s'enfonce,
Et qui va s'éteignant dans l'âtre avec la cendre ;
La chambre se recueille et toute elle se fonce ;
Et les reflets, dans le miroir, semblent descendre.

La bûche lentement dans l'âtre se consume ;
La chambre songe, encore un peu enluminée
Par la bûche qui est déjà presque posthume,
Chaleur de la dernière bûche de l'année !

Ô bûche qui va finir
Toute noircie et calcinée !
Elle fut la branche vivante :
Geste d'ombre qui fait des caresses à l'herbe,
Éventail de feuilles qui s'évente ;
Et la voici qui va mourir !
Elle se tord et s'exacerbe
Pour une minute encor…
Le vent dans la cheminée
S'afflige comme un cor
En sonnant l'hallali de la mourante année
Avec la bûche – terminée !

L'année aussi avait été
Une branche de notre vie :
Verdure de printemps, suivie
Du feuillage d'or de l'été...
Ô branche à présent dépouillée,
Se survivant encore un peu
Dans sa robe de feu
Qui sera bientôt robe grise,
Année en fuite, et déjà presque désapprise,
Déjà presque oubliée !

Ainsi les choses vont !
Tout se hâte, trébuche
Dans l'éternité sans fond,
L'année avec la bûche,
La bûche avec l'année.
On entend s'affliger le vent,
Et tout va s'achevant
En un peu de fumée.

II

Souvenirs ! Souvenances !
Le bon été près de la mer :
Travail fécond dans le jour clair
Pour œuvre dès longtemps conçue ;
La mer s'allongeait
Vaste comme mon projet,
Entr'aperçue
Entre les sables blonds des dunes étagées,
Tranquilles éminences
Où des fleurs piquaient leurs dragées.

Dans le cadre de ma croisée
Je voyais partout des chaloupes
Par calmes groupes,
S'approchant avec leurs voiles apprivoisées
Et les gestes de l'équipage.
Allaient-ils atterrir sur ma page ?
La plume mordait comme une ancre.
Je sentais se rythmer mes pensées

Selon les barques balancées ;
Toute la mer flottait dans l'encre !
Souvenirs ! Souvenances !
Les dunes qui s'échancrent
Laissaient apercevoir les vagues, une à une.
Les vagues qui toujours recommencent...
Ô ce déferlement
Parallèlement !

Moi-même en proie à la lune, comme la mer !
L'âme s'agite et c'est la lune qui la mène ;
Flux et reflux, d'une autre mer, dans l'âme humaine.

III

Souvenirs ! Souvenances !
Après l'été, le bon hiver,
Moins de rayons – plus de nuances !
Le bon hiver, près de la lampe
À qui son abat-jour met un halo de tulle !
Si calmes jours, si calmes soirs,
Avec des livres, des estampes,
Et le prolongement de soi dans les miroirs !
Et l'on récapitule
L'année où rien n'est arrivé ;
Nul vol d'oiseaux ne s'est défatigué
Sur la maison au toit de tuiles !

Ô cette vie un peu, un peu trop immobile !
Toujours le même rêve inachevé
Et le même canal au long du même quai ;
Toujours les mêmes livres,
Et aux vitres, toujours les mêmes fleurs de givre.
Année, encor pareille aux autres, qui s'en va...
Hiver, été, printemps, automne ;
Et le ciel monotone...
Trop monotone canevas !

Souvenirs ! Souvenances !
Et tout est refrain de romances !

IV

Encore une nouvelle année :
Encore une bûche allumée !
Dans l'âtre noirci
Le bois pétille, gaîment flambe
(Dans mon cœur aussi) ;
Il ajoute sa flamme à la lampe,
Et les ombres sur le plafond,
En dansant, s'en vont…
Une chaleur neuve s'épanche ;
L'année éclôt comme un dimanche…
Une nouvelle année encor !…
Le vent dans la cheminée
N'est plus triste comme le son du cor.
Encore une nouvelle année ;
Encore une bûche allumée !

La Jeunesse blanche,
Eugène Fasquelle – Bibliothèque Charpentier, 1913.

18

Louisa Paulin
(1888-1944)

La nouvelle année

Nouvelle année, année nouvelle
Dis-nous, qu'as-tu sous ton bonnet ?
J'ai quatre demoiselles,
Toutes grandes et belles.
La plus jeune est en dentelle.
La seconde en épis,
La cadette est en fruits
Et la dernière en neige.
Voyez le beau cortège !
Nous chantons, nous dansons
La ronde des saisons.

19

Tristan Derème
(1888-1941)

Bonne année

Voici la nouvelle année
Souriante, enrubannée,
Qui pour notre destinée,
Par le ciel nous est donnée :
C'est à minuit qu'elle est née.

Les ans naissent à minuit :
L'un arrive, l'autre fuit.

La dernière année est morte.
Elle a refermé sa porte.
Elle a dit en un soupir :
« Janvier, je suis ta victime ! »
Elle a roulé dans l'abîme
Où dorment les vieux jeudis,
Les défuntes tourterelles,
Les baleines des ombrelles
Et les lunes de jadis.
Quel étrange paradis !

Mais saluons les journées
De ce bourreau des années :
C'est Janvier. Sous son manteau

Il aiguise un grand couteau.
Le cruel n'en rate aucune.
C'est un destin sans espoir.
Il les tue au clair de lune,
À minuit, au fameux soir
Où s'endort le vieux Décembre ;
Et j'en rêve dans ma chambre.

Nouvel an ! Joie et bonheur !
Pourquoi ne suis-je sonneur
De cloches, carillonneur,
Pour mieux dire à tout le monde
À ceux qui voguent sur l'onde
Ou qui rient dans leurs maisons,
Tous les vœux que nous faisons
Pour eux, pour toute la Terre
Pour mes amis les enfants
Pour les chasseurs de panthères
Et les dompteurs d'éléphants.

Que cet an nouveau sourie
Même au petit ramoneur !
Que la maison soit fleurie
Des lumières du bonheur.

Les Compliments en vers de Patachou,
Émile-Paul Frères, 1931.

20

Stéphane Mallarmé
(1842-1898)

Dons de fruits glacés au nouvel an

I
Hier, voyez la ! demain
Du clavecin elle écoute
Chanter le bois surhumain
Et, songeuse, ne se doute
Qu'un fruit d'or tombe en sa main.

II
Ces vils fruits ne sont que mensonge
Pour un œil ravi d'épier
Tout l'éclatant jardin du songe
Qui mûrit sur votre papier.

III

À Augusta Holmes.

À courber le rameau superbe
Vers votre front au pur souci,
Vous laissâtes choir parmi l'herbe
Le fruit ramassé que voici.

IV

À la même.

Ô belle chanteuse, ces pommes
Que l'Aube aime à colorier,

Il faut, absurdes que nous sommes,
Pour vous les cueillir au laurier !

V
Elle a beau faire la chouette
Et claquer de son bec d'enfant
Augusta sait qu'on lui souhaite
Ce qu'aux autres elle défend

VI
Sous un hiver qui neige, neige,
Rêvant d'Édens quand vous passez !
Pourquoi, Madame Madier, n'ai-je
À donner que des fruits glacés...

VII
Sur l'An j'ouïs une alouette
Éparpiller comme un joyau
Des rires que je vous souhaite
Madame Madier de Montjau.

VIII
Avec mon souhait le plus tendre,
Comme il sied entre vieux amis,
Dans cette main qu'on aime à tendre
Je dépose le fruit permis.

IX
Malgré la neige qui me fouette
Le front, comme aux temps les plus beaux
Je viens en ami qui souhaite,
Chère Madame Seignobos

X
Vite renoncez l'Ardèche
Autrefois qui nous fit siens
Le cher vent, la branche sèche
Pour les fruits parisiens.

XI

À une dame polonaise, femme d'un médecin.

Le médicament le meilleur
Qu'un « oïczé[1] » puisse prescrire
À mes yeux las de vieux veilleur
Est de revoir votre sourire.

XII

L'an nouveau qui vous caressa
Toujours la même sans rature
Apporte aussi ce fruit et sa
Monotone littérature.

XIII

Si par un regard de fée haute
Ou lasse seul voilà mangés
Mes fruits constants, c'est votre faute
À vous qui non plus ne changez.

XIV

Ces vers qui se ressembleront !
Prêtez-leur la voix spontanée
De dire, moins que votre front,
Le mensonge de toute année.

XV

Ce papier, comme si Dauphin
Y piquait mainte tache noire !
Pour vous, témoin discret et fin,
Cache le fruit couleur de gloire.

XVI

Je ne crois pas qu'une brouette
D'espoirs, de vœux, de fleurs enfin
Verse à vos pieds ce que souhaite
Notre cœur. Madame Dauphin.

XVII

Ces fruits ! Aimez que je les cueille
Désignés par votre doigt fin

---

1. Père, en polonais.

Comme ceux dont la verte feuille
Sied au front sacré de Dauphin.

XVIII
Ce même fruit d'aucun automne
Il porte à Madame Dauphin
Encore notre monotone
Souhait et ce n'est pas la fin.

XIX
Loin d'aucuns palmiers ou du cierge
Que l'aloës érige fin
Ce fruit tombe chez la concierge
Des houris et dames Dauphin.

XX
Ce bon Dauphin ne s'embarrasse
Deux peignent
une chante mais
La maman partage la grâce
À table comme un entremets.

XXI
Trois sœurs, chacune se dispute
À son tour que vous la baisiez,
Votre rire est la même flûte
Que jadis venant de Béziers.

XXII
Je regrette les quatre ensemble
La maman subtile à ranger
Son trio dont elle est l'exemple
Non loin de la fleur d'oranger.

XXIII
Le piano tendra son aile
Suave d'ample séraphin
Que chaque fille maternelle
Y berce Madame Dauphin.

XXIV
Berger de deux seules ouailles
Dauphin, ramasse pour leurs jeux
Souriant partout que tu ailles
Ces fruits sur le givre outrageux.

XXV
Avec ta queue en girouette,
Léo[1], pendant que tu t'assois,
Dis les choses que je souhaite
De loin à Madame François.

XXVI
À celles dont il se moquait
Quand il s'évada pour être ange
Le défunt petit perroquet
Jette de là-haut cette orange.

XXVII
Les seuls fruits d'or sont où vous êtes
N'allez pas vous enfuir demain
Et le ciel reprendra ses fêtes
Sur un geste de votre main.

XXVIII
Grâce aux fruits humble stratagème,
Amie on peut nous envier
Un souhait proféré le même
Depuis tant de premiers Janvier.

XXIX
Que ce fruit toute la Provence
À Paris goûté par Gina
Lui semble quelque redevance
Au beau ciel qui l'imagina.

XXX
Ce fruit à quelque arbre confit
Cueilli par un sylphe ou tout comme

1. Léo, chien de Madame François.

Exprime les souhaits qu'on fit
Pour vous rue ici près de Rome.

XXXI
Votre jardin, Mai me l'apprit
Et malgré que la brume y traîne,
J'aime les retours en esprit
À Bourg dont vous êtes la Reine.

XXXII

À Paule Gobillard.

Tors et gris comme apparaîtrait
Miré parmi la source un saule
Je tremble un peu de mon portrait
Avec Mademoiselle Paule.

XXXIII
N'allez pas, en le fuyant, Paule
Même par vagabonde humeur
Tourner une jolie épaule
Au vieil hommage du rimeur.

XXXIV
Notre demoiselle Patronne[1]
Le regard limpide et rieur
Verse dans ce qui l'environne
Son charmant être intérieur.

XXXV
Julie avec un front neigeux
Enfant porte la double étoile
Elle qui délaisse en ses jeux
Le violon pour une toile.

XXXVI
Fuir la banquise et l'avalanche
Julie ou les froids imprudents
Il suffit pour demeurer blanche
De votre candeur au dedans.

1. L'aînée de trois jeunes filles.

XXXVII
Le noble berger qu'on attend
Louera Julie en fin de compte
De ne s'informer s'il a tant
Ou même les perles de Comte.

XXXVIII
Mademoiselle Jeannie est
Avant même que j'ose écrire
Celle-là qui me rend niais
Par le silence de son rire.

XXXIX
Sur le chignon blond de Jeannie
Un diamant scintille à nos
Regards quand avec le génie
Elle dompte les pianos.

XL
Comme elle casqué de lumière
Quand viendra l'Archer pour Jeanny
Des trois je la sais la première
À ne pas répondre nenni.

XLI
Se souvenir désaltère
Comme un fruit tard enfermant
L'émoi de notre parterre
Avec Madame Normant.

XLII
Soyez la Prieure obéie
Dans ce gré charmant que plusieurs
Vous érigent une abbaye
De leurs élans intérieurs.

XLIII
L'hiver qui brille aux châtaigniers
Sème les marrons froids s'il vente

Sans que vous-même n'éteigniez
Les feux de l'Amitié fervente.

XLIV
Mieux vaudrait ne pas écrire
Sur des bonbons vils qu'on sert
À celle-là dont le rire
Franc est lui seul un concert.

XLV
Succède-nous improvise
Congrûment Monsieur Tintin
À ces bonbons leur devise
Autre rimeur galantin.

XLVI
Mil huit cent quatre-vingt neuf
Ne saurait sans un blasphème
Exprimer de souhait neuf
À vous, Madame, la même.

XLVII
Qu'une année au léger vol
Comme étrennes, apparie
Repos ou santé pour Paul
Et le rire de Marie.

XLVIII
Le souci qui toujours varie
L'an nouveau saura l'apaiser
Si Claire aux deux fronts de Marie
Et de Paul met son clair baiser.

XLIV
L'hiver
            vous bravez la neige
Glace les fruits imprudents
Que contre elle ne protège
Pas une flamme au dedans.

L
Mûris en azur barbaresque
L'envoi n'est pas ce que je veux
Acceptez des fruits couleur presque
De la gloire et de vos cheveux.

LI
Vanité le verger qui dore
Tel fruit ou le glace aux hivers
L'heureux Rodenbach sait enclore
Sa vie entre vous et des vers.

LII
Touchez à l'heure poursuivie
Fructidor avec Messidor
Où Qui fut constante à la vie
En devine choir les fruits d'or.

LIII
Le Temps
nous y succombons
Sans l'amitié pour revivre
Ne glace que ces bonbons
À son plumage de givre.

LIV
Aujourd'hui l'amitié triche
Comme un crabe nous voulons
Que cet An de la bourriche
Pour vous sorte à reculons.

LV
Paris qu'un jugement décore
Présenterait sur le chemin
Vers vous belle et plus simple encore
Une pomme de chaque main.

LVI
Comme un délicieux effet
Ou, je dirai plus, en échange

Du soleil que votre cœur fait
Considérez la fauve orange.

LVII
Un an qui succède à l'autre
Toujours nous tend
pensez-y
Ce fruit par le froid saisi
Comme mon cœur ni le vôtre.

LVIII
N'allez si vers la main pend
Quelque fruit pour un partage
L'offrir vous interrompant
Édouard ceint le seul feuillage.

LIX
Un parisien compliment
Dans ces oranges on insère
À vous ici tout uniment
Redevenus des fruits de serre.

LX
Sur un rameau vers vous incliné par Marie
Pas plus que l'amitié ce fruit d'or ne varie.

LXI
Toute gracieuseté qu'on fit
Se change l'hiver en fruit confit.

Vers de circonstance, NRF, 1920.

21

Stéphane Mallarmé
(1842-1898)

Autres dons de nouvel an

I

Théière

Éva, princesse ou métayère
Allumeuse du divin feu
En y posant cette théière
Saura le modérer un peu.

II

Miroir

Clair regard furtif sur soi-même
Ce miroir vous l'enfouirez
Dans quelque robe rose ou crème
Sitôt vos cheveux admirés.

III

Miroir

Cet humble miroir s'ennuyait
De ne refléter ton visage
Ou, par la fenêtre, en Juillet
Quelque autre moins doux paysage.

IV

« *Verre d'eau* »

Ta lèvre contre le cristal
Gorgée à gorgée y compose

Le souvenir pourpre et vital
De la moins éphémère rose.

V

Au col d'un chat de faïence noir

Lilith confie à votre soin
Ce rejeton qu'elle fit naître
Pour qu'assis en un petit coin
Ainsi vous revoyiez son maître.

VI

Chaufferette ancienne

Mon très vieux cœur ne dissimule
Ici l'espoir que vous groupiez
Au gré de l'une ou l'autre mule
La braise éparse sous vos pieds

Dons de mouchoirs

VII

Acclamez d'un petit bruit d'aile
Son nez qui jamais ne prisa,
Mouchoirs, sans cacher le fidèle
Sourire de notre Élisa.

VIII

Quand s'approchera de son nez
La batiste qu'elle déploie,
Mouchoirs, pour Élisa sonnez
Toute une fanfare de joie.

IX

Si vous faites naufrage, Élisa tout nous sert,
Agitez ces mouchoirs sur un îlot désert.

X

Celle ici qui ne prisa
Que l'amitié simple et franche
Veut pour son nez
                              Élisa
Une pure toile blanche

XI
Mieux vaut sécher le coryza
Que des larmes, bonne Élisa

XII
Lisa
        que votre nez répète
Le salut dans chaque mouchoir
D'une impartiale trompette
À l'an qui se lève ou va choir

XIII
Quoique à ses pieds une sultane
Ensemble n'en voie autant choir
Lisa, recevez de Stéphane
Mallarmé maint et maint mouchoir.

XIV
Ces mouchoirs un peu trop donnés
Lisa souriante sans cesse
Ne les approchez pas du nez
Qui manque à la jeune Princesse[1]

XV
Gâteau de marrons
Respirer à chaque bouchée
De ce gâteau qu'on entama
Si l'on ne veut être couchée
Avec du mal à l'estomac

Livres aux Étrennes
XVI
Ce poème devenu prose,
Comme tout se passe à l'envers !
Moi qui devrais pour chaque rose
Ne vous envoyer que des vers

---

1. Petite chienne japonaise.

XVII
Sur Pégase si bien en selle
Où que vous jette son élan
Restez Bibi, Mademoiselle
Julie, avec le nouvel an

XVIII
Ici même l'humble greffier
Atteste la mélancolie
Qui le prend d'orthographier
Julie autrement que Jolie

XIX
Julie ou Bibi du Mesnil
Rêvant à l'endroit nommé cieux
Ne méprisez ni le nez ni l'
Hommage ému de vieux messieurs.

XX
Le rire trop prompt à se taire
Dont votre air grave est diverti
L'ombrage d'un autre mystère
Que le seul chapeau Liberty.

XXI

À sa pupille.

Celle qui sous le ciel si vite
Atteint une exacte hauteur,
Fleurit, svelte lys et n'évite
Qu'à son pied reste le tuteur.

XXII

À Jacques Roujon.

Sois correct une étude sûre
Y mène, Jacques, ô farceur
Tu tireras avec mesure
Les cheveux naissants de ta sœur

XXIII
Jacques le compagnon, superbe, aîné, chasseur
Ne médis pas du Ciel qui commande : Et ta sœur ?

XXIV
Avec un livre d'images
Je te donne, Jacques, l'ami
Les premiers ans de Franc Lamy

XXV
L'an a changé de chemise
Ainsi dans un geste fier
Méry garde la main mise
Sur tous ses trésors d'hier

XXVI
Tu changes d'an comme de robe
À ta toilette met la main
Ce quatre-vingt-seize dont l'aube
N'est pas celle d'un lendemain

XXVII
Sans les mettre dans vos souliers
Comme Noël aux châtelaines
Déesse, il sied que vous fouliez
Plutôt d'un pas nu ces fleurs vaines.

XXVIII
Ne t'inquiète pas ! souci
Hasard, tout un an je souhaite
Que rien n'étonne ton sourcil
Vaste comme un vol de mouette

XXIX
Sois chez Madame Normant
Peut-être un parfum qu'elle aime
Humble bouquet ne formant
Ce souhait que pour toi-même

XXX

À Madame Whistler.

L'an s'en va quoique Whistler nie
Ou par Vous on sache oublier
Sourire
grâce
autre génie
De renverser le sablier.

XXXI

À Mme W.

Nos vœux
flûte vaine ou le vent
Je les tairai
Whibley préfère
Vous veniez joyeuse au-devant
Du seul souhait que je peux faire

XXXII

Quelque hiver sur mon front morose
Un flocon de neige creva
Que de l'ongle mutin et rose
Vous seule dispersez. Éva

XXXIII

Année attends pour y naître
Ses mains réchauffant ton vol
Madeleine à la fenêtre
Du somptueux entresol.

XXXIV

Sourire et jeunes parfums
Vous dites très haut : Que n'ai-je ?
Et des almanachs défunts
Aussi faites une neige.

XXXV

À une enfant.

Qui vogue sur le flots ? ohé !
C'est l'Arche de Monsieur Noé.

XXXVI
Roses, je deviens Céladon
Aux pieds de Madame Redon

XXXVII
Chaque fleur rêve que Madame Alice
Cazalis va respirer son calice

XXXVIII
Je fais ce don, si votre amitié l'accueillait
Que mon sourire ici brille dans chaque œillet

Vers de circonstance, NRF, 1920.

22

Edmond Rostand
(1868-1918)

Ballade de la nouvelle année

Ô bon jour de l'an de demain matin,
Pour chacun de nous qui vivons sans trêve
Apporte la fleur, l'objet, le pantin
Qui fait oublier l'existence brève :
Ève pour Adam, la pomme pour Ève,
La noix de coco pour le sapajou,
La rime au rimeur dont le vers s'achève...
Il faut à chacun donner son joujou.

Donne un papillon aux touffes de thym
Et des goélands au cap de la Hève ;
Le touriste anglais au Napolitain ;
Au duc de Nemours Madame de Clèves ;
Au vieillard un songe, au jeune homme un rêve ;
Donne un livre au sage, un tambour au fou,
Un élève au maître, un maître à l'élève...
Il faut à chacun donner son joujou.

Dans l'obscur gâteau qu'on nomme scrutin
Fais l'ambitieux découvrir la fève ;
Donne un beau suiveur au petit trottin ;
À ce vieux monsieur dont l'espoir enlève
Donne l'habit vert orné de son glaive ;

La carte au joueur et l'or au grigou ;
À moi, jeune auteur, le rideau qu'on lève...
Il faut à chacun donner son joujou.

À celle qu'un jour je vis sur la grève
Et dont le regard est mieux qu'andalou,
Donne un cœur d'enfant pour qu'elle le crève.
Il faut à chacun donner son joujou.

Les Musardises,
Eugène Fasquelle – Bibliothèque Charpentier, 1911.

Deuxième partie

Miscellanées

1

Madame de Sévigné (1626-1696)

Lettre au comte de Bussy-Rabutin

À Paris, ce 15 janvier 1687.

Bon jour et bon an, mon cher cousin, et bon jour et bon an, ma chère nièce. Que cette année vous soit plus heureuse que celles qui sont passées ; que la paix, le repos et la santé vous tiennent lieu de toutes les fortunes que vous n'avez pas et que vous méritez ; enfin que vos jours désormais soient filés de soie ; mais surtout plus d'enchantements ; car, afin que vous le sachiez, le charme était double : il était jeté sur moi comme sur vous, et nous sentions sa force par le souvenir continuel que nous avions de vous deux, M. de Corbinelli et moi, et par l'impossibilité où nous étions de le rompre. Nous faisions quelquefois des efforts, comme des gens qui dorment et qui veulent nager ou courir, mais nous les faisions inutilement comme eux. Nous ne mangions point à la vérité de saumons qui nous donnassent occasion de vous souhaiter ; mais dès que nous avions un peu d'esprit, ou que l'air de Livry, le chocolat, ou le thé avait réveillé notre vivacité, nous étions au désespoir de ne vous avoir pas, et nous faisions scrupule de rire sans vous. Qui ne croirait qu'au moins nous vous l'aurions mandé le lendemain ? Mais non, l'enchantement était trop fort, il fallait une nouvelle année ; et la voilà qui tire le rideau, qui nous rend la liberté, et qui me fait commencer dès les premiers jours un commerce où nous gagnons beaucoup.

Je suis toujours ravie de revoir de la joie dans votre esprit ; que vous cherchiez à vous amuser, et à mettre en œuvre tout ce que vous avez emporté de ce pays-ci. Vos vers sont jolis et aisés, et font souvenir agréablement de vous. [...]

Lettres de Madame de Sévigné,
de sa famille et de ses amis, Hachette, 1862.

2

Émile Zola (1840-1902)

Les Étrennes de la mendiante[1]

Avant que le mois de janvier ait passé, rappelons encore un trait caractéristique du jour de l'an à Paris.

Le 1er janvier, il y a grande toilette dans les bouges de Paris. Les mendiants mettent leurs plus beaux haillons, se parent de loques pour aller présenter aux passants les souhaits de la misère et demander leurs étrennes, la main tendue, la face inquiète et caressante. Ce jour-là, la mendicité est tolérée ; il lui est permis de s'exercer en plein jour, sans se déguiser sous les mille formes des industries de la rue. Le joueur d'orgue eut laisser au logis la lourde boîte qu'il a portée pendant douze longs mois ; les marchands d'allumettes, de lacets, de chansons peuvent ne pas renouveler leurs fonds de commerce. La voie publique est libre ; les sergents de ville tournent la tête ; les mains se tendent franchement, celles qui donnent et celles qui reçoivent.

Dans une maison haute et noire, au sixième étage, au fond d'une sorte de grenier, vit toute une famille indigente, le père, la mère et une petite fille de huit ans. Le père est un grand vieillard sec et anguleux, la barbe et les cheveux longs et ébouriffés, d'un blanc sale. Il songe en soupirant aux beaux jours d'autrefois, lorsque les rues appartenaient aux pauvres, et qu'ils prenaient à eux seuls tout le soleil du bon Dieu et toute la pitié des hommes. La mère ne songe plus. Elle semble vivre par habitude, et paraît

1. Paru sous le titre *Chronique* dans *Le Petit Journal* du 26 juillet 1865.

insensible à la joie comme à la douleur. Le froid et la faim ont tué ses pensées et ses sensations. La petite fille est le rayon du grenier sombre. Dans cette obscurité humide, lorsque sa tête pâle et blonde se détache sur la muraille noircie, son sourire a des lueurs de soleil ; ses yeux bleus, où l'insouciance met de soudaines gaietés, éclairent les coins du taudis. Elle ne pleure encore que parce qu'elle voit pleurer.

Le 1er janvier, les parents et l'enfant se sont levés à cinq heures. La toilette a été longue et laborieuse. Puis le père et la mère se sont assis, immobiles, attendant le jour, tandis que la petite fille, plus coquette, a cherché vainement, pendant une grande heure, à cacher un gros trou qui occupe tout un côté de sa jupe. L'enfant est heureuse. Elle va recevoir ses étrennes. La veille, son père lui a dit : « Demain, tu te feras belle, et nous irons dans les rues souhaiter santé et richesse aux heureux de ce monde. Les gens heureux sont bons, et ils ont voulu qu'une fois dans l'année nous puissions solliciter en paix la charité des âmes tendres. Demain, de belles petites demoiselles, qui ont beaucoup d'amis, recevront en cadeau de grandes poupées, des corbeilles de bonbons ; on a voulu que les pauvres enfants comme toi, qui n'ont l'amitié de personne, ne restent pourtant pas les mains vides, et on leur a donné pour amis tous ceux qui passent en leur permettant de tendre la main à tout le monde. Les gros sous de l'aumône seront tes dragées et tes jouets. » La petite fille est dans la rue. Elle marche gaillardement, avec des hontes subites, s'arrêtant aux carrefours, sous les porches des églises, sur les ponts, partout où va le peuple. Son père et sa mère la suivent, graves, ne sollicitant pas eux-mêmes la pitié publique ; ils semblent rendre visite à la foule et lui présenter leur fille. L'enfant arrête les jeunes et les vieux ; elle s'adresse de préférence à ceux qui portent des paquets, et ses yeux bleus leur disent dans une caresse : « Vous qui venez de dépenser un louis pour faire la joie d'une de vos sœurs, ne me donnerez-vous pas un pauvre petit sou pour mes étrennes ? » Comment ne pas écouter la prière muette de son sourire. Les pièces de cuivre tombent dru dans sa main. Elle ramasse sou à sou ses étrennes, ici et là, et elle éprouve ainsi jusqu'au soir les plaisirs de ce jour qui semblait ne pas s'être levé pour elle. Le soir, les pauvres gens ont du feu et du pain. L'enfant, fière, a compté son trésor, et elle a pu un instant se croire aimée de toute une ville. Oui, le 1er janvier, c'est nous, les heureux, qui sommes les parrains, les amis des petites mendiantes. Nous avons charge de leur faire oublier leur misère, de leur donner notre pitié et nos consolations.

Croyez-moi, l'année prochaine, emplissez vos poches de gros sous... Allez par la ville et distribuez vos étrennes aux malheureux. Vous reviendrez riche de bons regards, de bonnes paroles. Vous sentirez en vous toute la foi de ces enfants pâles que vous aurez fait sourire, et, au retour, vous embrasserez plus tendrement les enfants heureux qui tendent les mains, eux aussi, mais sans honte, et pour des jouets de vingt-cinq francs !

Contes et nouvelles I (1864-1874), GF, 2008.

3

Friedrich Nietzsche
(1844-1900)

Le Gai Savoir

SAINT JANVIER

Toi qui d'une lance de flamme
De mon âme as brisé la glace,
Et qui la chasses maintenant vers la mer écumante,
De ses plus hauts espoirs :
Toujours plus clair et mieux portant,
Libre dans une aimante contrainte :
Ainsi elle célèbre tes miracles,
Toi le plus beau mois de janvier.

Gênes, janvier 1882.

276.

Pour la nouvelle année. – Je vis encore, je pense encore : il faut encore que je vive, car il faut encore que je pense. *Sum, ergo cogito : cogito, ergo sum*. Aujourd'hui je permets à tout le monde d'exprimer son désir et sa pensée la plus chère : et, moi aussi, je vais dire ce qu'aujourd'hui je souhaite de moi-même et quelle est la pensée que, cette année, j'ai prise à cœur la première – quelle est la pensée qui devra être dorénavant pour moi la raison, la garantie et la douceur de vivre ! Je veux apprendre toujours davantage à considérer comme la beauté ce qu'il y a de nécessaire dans les choses : – c'est ainsi que je serai de ceux qui rendent belles les choses. *Amor fati* : que cela soit dorénavant mon amour. Je ne veux pas entrer en guerre contre la laideur. Je ne veux pas accuser, je ne veux même pas accuser les accusateurs. Détourner mon regard, que ce soit là ma seule négation ! Et, somme toute, pour voir grand : je veux, quelle que soit la circonstance, n'être une fois qu'affirmateur !

Œuvres complètes de Frédéric Nietzsche,
vol. 8, trad. Henri Albert,
Société du Mercure de France, Paris, 1901.

4

Guy de Maupassant (1850-1893)

Étrennes[1]

Jacques de Randal, ayant dîné seul chez lui, dit à son valet de chambre qu'il pouvait sortir et il s'assit devant sa table pour écrire des lettres.

Il finissait ainsi toutes les années, seul, écrivant et rêvassant. Il faisait pour lui une sorte de revue des choses passées depuis le dernier jour de l'an, des choses finies, des choses mortes ; et à mesure que surgissaient devant ses yeux les visages de ses amis, il leur écrivait quelques lignes, un bonjour cordial du premier janvier.

Donc il s'assit, ouvrit un tiroir, prit dedans une photographie de femme, la regarda quelques secondes, et la baisa. Puis, l'ayant posée à côté de sa feuille de papier, il commença :

« Ma chère Irène, vous avez dû recevoir tantôt le petit souvenir que j'adresse à la femme ; je me suis enfermé ce soir, pour vous dire... »

La plume resta immobile. Jacques se leva et se mit à marcher.

Depuis dix mois il avait une maîtresse, non point une maîtresse comme les autres, une femme à aventures, du monde du théâtre ou de la rue, mais une femme qu'il avait aimée et conquise. Il n'était plus un jeune homme, bien qu'il fut encore un homme jeune, et il regardait la vie sérieusement, en esprit positif et pratique.

---

1. Paru le 7 janvier 1887 dans *Gil Blas*.

Donc il se mit à faire le bilan de sa passion comme il faisait, chaque année, la balance des amitiés disparues ou nouvelles, des faits et des gens entrés dans son existence.

Sa première ardeur d'amour s'étant calmée, il se demanda, avec une précision de commerçant qui compte, quel était l'état de son cœur pour elle, et il tâcha de deviner ce qu'il serait dans l'avenir.

Il y trouva une grande et profonde affection, faite de tendresse, de reconnaissance et des mille attaches menues d'où naissent les longues et fortes liaisons.

Un coup de sonnette le fit sauter. Il hésita. Ouvrirait-il ? Mais il se dit qu'il faut toujours ouvrir, en cette nuit du nouvel an, ouvrir à l'Inconnu qui passe et frappe, quel qu'il soit.

Il prit donc une bougie, traversa l'antichambre, ôta les verrous, tourna la clef, attira la porte à lui et aperçut sa maîtresse, debout, pâle comme une morte, les mains appuyées au mur.

Il balbutia :

– Qu'avez-vous ?

Elle répondit :

– Tu es seul ?

– Oui.

– Sans domestiques.

– Oui.

– Tu n'allais pas sortir ?

– Non.

Elle entra, en femme qui connaît la maison. Dès qu'elle fut dans le salon, elle s'affaissa sur le divan, et couvrant son visage de ses mains, se mit à pleurer affreusement.

Il s'était agenouillé devant elle, s'efforçant d'écarter ses bras, de voir ses yeux et répétant :

– Irène, Irène, qu'avez vous ? Je vous en supplie, dites-moi ce que vous avez ?

Alors elle murmura, au milieu des sanglots :

– Je ne puis plus vivre ainsi.

Il ne comprenait pas.

– Vivre ainsi ?... Comment ?...

– Oui. Je ne peux plus vivre ainsi... chez moi... Tu ne sais pas... je ne te l'ai jamais dit... C'est affreux... Je ne peux plus... je souffre trop... Il m'a frappée tantôt...

– Qui... ton mari ?

– Oui… mon mari.

– Ah !…

Il s'étonnait, n'ayant jamais soupçonné que ce mari pût être brutal. C'était un homme du monde, du meilleur, un homme de cercle, de cheval, de coulisses et d'épée ; connu, cité, apprécié partout, ayant des manières fort courtoises, un esprit fort médiocre, l'absence d'instruction et d'intelligence réelle indispensable pour penser comme tous les gens bien élevés, et le respect de tous les préjugés comme il faut.

Il paraissait s'occuper de sa femme comme on doit le faire entre personnes riches et bien nées. Il s'inquiétait suffisamment de ses désirs, de sa santé, de ses toilettes, et la laissait parfaitement libre d'ailleurs.

Randal, devenu l'ami d'Irène, avait droit à la poignée de main affectueuse que tout mari qui sait vivre doit aux familiers de sa femme. Puis quand Jacques, après avoir été quelque temps l'ami, devint l'amant, ses relations avec l'époux furent plus cordiales, comme il convient.

Jamais il n'avait vu ou deviné des orages dans cette maison, et il demeurait effaré devant cette révélation inattendue.

Il demanda :

– Comment cela est-il arrivé, dis-moi ?

Alors elle raconta une longue histoire, toute l'histoire de sa vie, depuis le jour de son mariage. La première désunion née d'un rien, puis s'accentuant de tout l'écart qui grandissait chaque jour entre deux caractères opposés.

Puis étaient venues des querelles, une séparation complète, non apparente, mais effective, puis son mari s'était montré agressif, ombrageux, violent. Maintenant il était jaloux, jaloux de Jacques, et, ce jour-là même, après une scène, il l'avait frappée.

Elle ajouta avec fermeté :

– Je ne rentrerai plus chez lui. Fais de moi ce que tu voudras.

Jacques s'était assis en face d'elle, leurs genoux se touchant. Il lui prit les mains :

– Ma chère amie, vous allez faire une grosse, une irréparable sottise. Si vous voulez quitter votre mari, mettez les torts de son côté, de telle sorte que votre situation de femme, de femme du monde irréprochable, reste sauve.

Elle demanda en lui jetant un coup d'œil inquiet :

– Alors, que me conseilles-tu ?

– De rentrer chez vous, et d'y supporter la vie jusqu'au jour où vous pourrez obtenir soit une séparation, soit un divorce, avec les honneurs de la guerre.

– N'est-ce pas un peu lâche, ce que vous me conseillez là ?

– Non, c'est sage et raisonnable. Vous avez une haute situation, un nom à sauvegarder, des amis à conserver et des parents à ménager. Il ne faut point l'oublier et perdre tout cela d'un coup de tête.

Elle se leva, et, avec violence :

– Eh bien, non, je ne peux plus, c'est fini, c'est fini, c'est fini !

Puis, posant ses deux mains sur les épaules de son amant et le regardant au fond des yeux :

– M'aimes-tu ?

– Oui.

– Bien vrai ?

– Oui.

– Alors, garde-moi.

Il s'écria :

– Te garder ? Chez moi ? Ici ? Mais tu es folle ! ce serait te perdre à tout jamais ; te perdre sans retour ! Tu es folle !

Elle reprit, lentement, avec gravité, en femme qui sent le poids de ses paroles :

– Écoutez, Jacques. Il m'a défendu de vous revoir et je ne jouerai pas cette comédie de venir chez vous en cachette. Il faut, ou me perdre, ou me prendre.

– Ma chère Irène, dans ce cas-là, obtenez votre divorce et je vous épouserai.

– Oui, vous m'épouserez dans... deux ans au plus tôt. Vous avez la tendresse patiente.

– Voyons, réfléchissez. Si vous demeurez ici, il vous reprendra demain, puisqu'il est votre mari, puisqu'il a pour lui le droit et la loi.

– Je ne vous demandais pas de me garder chez vous, Jacques, mais de m'emmener n'importe où. Je croyais que vous m'aimiez assez pour cela. Je me suis trompée. Adieu.

Elle se retourna et partit vers la porte, si vite qu'il la saisit seulement quand elle sortait du salon.

– Écoutez, Irène...

Elle se débattait, ne voulant plus rien entendre, les yeux pleins de larmes et balbutiant :

– Laissez-moi... Laissez-moi... Laissez-moi...

Il la fit asseoir de force et s'agenouilla de nouveau devant elle, puis il tâcha, en accumulant les raisons et les conseils, de lui faire comprendre la folie et l'affreux danger de son projet. Il n'oublia rien de ce qu'il fallait dire pour la convaincre, cherchant, dans sa tendresse même, des motifs de persuasion.

Comme elle restait muette et glacée, il la pria, la supplia de l'écouter, de le croire, de suivre son avis.

Lorsqu'il eut fini de parler, elle répondit seulement :

– Êtes-vous disposé à me laisser partir, maintenant ? Lâchez-moi, que je puisse me lever.

– Voyons, Irène...

– Voulez-vous me lâcher ?

– Irène... votre résolution est irrévocable ?

– Voulez-vous me lâcher !

– Dites-moi seulement si votre résolution, si votre folle résolution que vous regretterez amèrement, est irrévocable ?

– Oui... Lâchez-moi.

– Alors, reste. Tu sais bien que tu es chez toi ici. Nous partirons demain matin.

Elle se leva malgré lui, et, durement :

– Non. Il est trop tard. Je ne veux pas de sacrifice, je ne veux pas de dévouement.

– Reste. J'ai fait ce que je devais faire, j'ai dit ce que je devais dire. Je ne suis plus responsable envers toi. Ma conscience est tranquille. Exprime tes désirs et j'obéirai.

Elle se rassit, le regarda longtemps, puis demanda, d'une voix très calme :

– Alors, explique.

– Quoi ? Que veux-tu que j'explique ?

– Tout... Tout ce que tu as pensé pour changer comme ça de résolution. Moi, alors, je verrai ce que je dois faire.

– Mais je n'ai rien pensé du tout. Je devais te prévenir que tu allais accomplir une folie. Tu persistes, je demande ma part de cette folie, et même je l'exige.

– Ça n'est pas naturel de changer d'avis si vite.

– Écoute, ma chère amie. Il ne s'agit ici ni de sacrifice ni de dévouement. Le jour où j'ai compris que je t'aimais, je me suis dit ceci, que tous les amoureux devraient se dire dans le même cas : L'homme qui aime une femme, qui s'efforce de la conquérir, qui l'obtient et qui la prend, contracte vis-à-vis de lui-même et vis-à-vis d'elle un engagement sacré. Il s'agit, bien entendu, d'une femme comme vous, et non d'une femme au cœur ouvert, au cœur facile.

Le mariage, qui a une grande valeur sociale, une grande valeur légale, ne possède à mes yeux qu'une très légère valeur morale, étant données les conditions où il a lieu généralement.

Donc, quand une femme, attachée par ce lien juridique, mais qui n'aime pas son mari, qui ne peut l'aimer, dont le cœur est libre, rencontre un homme qui lui plaît, et se donne à lui, quand un homme sans liaison prend une femme ainsi, je dis qu'ils s'engagent l'un vis-à-vis de l'autre, de par ce mutuel et libre consentement, bien plus que par le « oui » murmuré devant l'écharpe du maire.

Je dis que, s'ils sont tous deux gens d'honneur, leur union doit être plus intime, plus forte, plus saine que si tous les sacrements l'avaient consacrée.

Cette femme risque tout. Et c'est justement parce qu'elle le sait, parce qu'elle donne tout, son cœur, son corps, son âme, son honneur, sa vie, parce qu'elle a prévu toutes les misères, tous les dangers, toutes les catastrophes, parce qu'elle ose un acte hardi, un acte intrépide, parce qu'elle est préparée, décidée à tout braver, son mari qui peut la tuer et le monde qui peut la rejeter, c'est pour cela qu'elle est respectable dans son infidélité conjugale, c'est pour cela que son amant en la prenant doit avoir aussi tout prévu, et la préférer à tout quoi qu'il arrive. Je n'ai plus rien à dire. J'ai parlé, d'abord en homme sage qui devait vous prévenir, il ne reste plus en moi qu'un homme, celui qui vous aime. Ordonnez.

Radieuse, elle lui ferma la bouche avec ses lèvres, et lui dit tout bas :

– Ce n'était pas vrai, chéri, il n'y a rien, mon mari ne se doute de rien. Mais je voulais voir, je voulais savoir ce que tu ferais, je voulais des... des étrennes... celles de ton cœur... d'autres étrennes que le collier de tantôt. Tu me les as données. Merci..., merci... Dieu que je suis contente !

Œuvres posthumes, I : *Le Père Milon, Le Colporteur,*
Louis Conard, libraire-éditeur, 1910.

5

Jules Renard (1864-1910)

Le Jour de l'an

Il neige. Pour que le jour de l'an réussisse, il faut qu'il neige.

Madame Lepic a prudemment laissé la porte de la cour verrouillée. Déjà des gamins secouent le loquet, cognent au bas, discrets d'abord, puis hostiles, à coups de sabots, et, las d'espérer, s'éloignent à reculons, les yeux encore vers la fenêtre d'où madame Lepic les épie. Le bruit de leurs pas s'étouffe dans la neige.

Poil de Carotte saute du lit, va se débarbouiller, sans savon, dans l'auge du jardin. Elle est gelée. Il doit en casser la glace, et ce premier exercice répand par tout son corps une chaleur plus saine que celle des poêles. Mais il feint de se mouiller la figure, et, comme on le trouve toujours sale, même lorsqu'il a fait sa toilette à fond, il n'ôte que le plus gros.

Dispos et frais pour la cérémonie, il se place derrière son grand frère Félix, qui se tient derrière sœur Ernestine, l'aînée. Tous trois entrent dans la cuisine. Monsieur et madame Lepic viennent de s'y réunir, sans en avoir l'air.

Sœur Ernestine les embrasse et dit :

– Bonjour, papa, bonjour, maman, je vous souhaite une bonne année, une bonne santé et le paradis à la fin de vos jours.

Grand frère Félix dit la même chose, très vite, courant au bout de la phrase, et embrasse pareillement.

Mais Poil de Carotte sort de sa casquette une lettre. On lit sur l'enveloppe fermée : « À mes Chers Parents. » Elle ne porte pas d'adresse. Un oiseau d'espèce rare, riche en couleurs, file, d'un trait, dans un coin.

Poil de Carotte la tend à madame Lepic, qui la décachette. Des fleurs écloses ornent abondamment la feuille de papier, et une telle dentelle en fait le tour que souvent la plume de Poil de Carotte est tombée dans les trous, éclaboussant le mot voisin.

MONSIEUR LEPIC

Et moi, je n'ai rien !

POIL DE CAROTTE

C'est pour vous deux ; maman te la prêtera.

MONSIEUR LEPIC

Ainsi, tu aimes mieux ta mère que moi. Alors, fouille-toi, pour voir si cette pièce de dix sous neuve est dans ta poche !

POIL DE CAROTTE

Patiente un peu, maman a fini.

MADAME LEPIC

Tu as du style, mais une si mauvaise écriture que je ne peux pas lire.

– Tiens papa, dit Poil de Carotte empressé, à toi, maintenant.

Tandis que Poil de Carotte, se tenant droit, attend la réponse, M. Lepic lit la lettre une fois, deux fois, l'examine longuement, selon son habitude, fait « Ah ! ah ! » et la dépose sur la table.

Elle ne sert plus à rien, son effet entièrement produit. Elle appartient à tout le monde. Chacun peut voir, toucher. Sœur Ernestine et grand frère Félix la prennent à leur tour et y cherchent des fautes d'orthographe. Ici Poil de Carotte a dû changer de plume, on lit mieux. Ensuite ils la lui rendent.

Il la tourne et la retourne, sourit laidement, et semble demander :

– Qui en veut ?

Enfin il la resserre dans sa casquette.

On distribue les étrennes. Sœur Ernestine a une poupée aussi haute qu'elle, plus haute, et grand frère Félix une boîte de soldats en plomb prêts à se battre.

– Je t'ai réservé une surprise, dit madame Lepic à Poil de Carotte.

POIL DE CAROTTE

Ah, oui !

MADAME LEPIC

Pourquoi cet : ah, oui ! Puisque tu la connais, il est inutile que je te la montre.

POIL DE CAROTTE

Que jamais je ne voie Dieu, si je la connais.

Il lève la main en l'air, grave, sûr de lui. Madame Lepic ouvre le buffet. Poil de Carotte halète. Elle enfonce son bras jusqu'à l'épaule, et, lente, mystérieuse, ramène sur un papier jaune une pipe en sucre rouge.
Poil de Carotte, sans hésitation, rayonne de joie. Il sait ce qu'il lui reste à faire. Bien vite, il veut fumer en présence de ses parents, sous les regards envieux (mais on ne peut pas tout avoir !) de grand frère Félix et de sœur Ernestine. Sa pipe de sucre rouge entre deux doigts seulement, il se cambre, incline la tête du côté gauche. Il arrondit la bouche, rentre les joues et aspire avec force et bruit.
Puis, quand il a lancé jusqu'au ciel une énorme bouffée :
– Elle est bonne, dit-il, elle tire bien.

Poil de Carotte, Flammarion, 1902.

6

Marcel Proust
(1871-1922)

À la recherche du temps perdu

Quand vint le 1er janvier, je fis d'abord des visites de famille avec maman, qui, pour ne pas me fatiguer, les avait d'avance (à l'aide d'un itinéraire tracé par mon père) classées par quartier plutôt que selon le degré exact de la parenté. Mais à peine entrés dans le salon d'une cousine assez éloignée qui avait comme raison de passer d'abord que sa demeure ne le fût pas de la nôtre, ma mère était épouvantée en voyant, ses marrons glacés ou déguisés à la main, le meilleur ami du plus susceptible de mes oncles auquel il allait rapporter que nous n'avions pas commencé notre tournée par lui. Cet oncle serait sûrement blessé ; il n'eût trouvé que naturel que nous allassions de la Madeleine au jardin des Plantes où il habitait avant de nous arrêter à Saint-Augustin pour repartir rue de l'École-de-Médecine.

Les visites finies (ma grand-mère dispensait que nous en fissions une chez elle, comme nous y dînions ce jour-là), je courus jusqu'aux Champs-Élysées porter à notre marchande pour qu'elle la remît à la personne qui venait plusieurs fois par semaine de chez les Swann y chercher du pain d'épices, la lettre que dès le jour où mon amie m'avait fait tant de peine, j'avais décidé de lui envoyer au nouvel An, et dans laquelle je lui disais que notre amitié ancienne disparaissait avec l'année finie, que j'oubliais mes griefs et mes déceptions et qu'à partir du 1er janvier, c'était une amitié neuve que nous allions bâtir, si solide que rien ne la détruirait, si merveilleuse que j'espérais que Gilberte mettrait quelque coquetterie à lui garder toute sa beauté et à m'avertir à temps comme je promettais de le faire moi-même, aussitôt que surviendrait le moindre péril qui pourrait l'endommager. En rentrant, Françoise me fit arrêter, au coin de la rue Royale, devant un étalage en plein vent où elle choisit, pour ses propres étrennes, des photographies de Pie IX et de Raspail et où, pour ma part, j'en achetai une de la Berma. Les innombrables admirations qu'excitait l'artiste donnaient quelque chose d'un peu pauvre à ce visage unique qu'elle avait pour y répondre, immuable et précaire comme ce vêtement des personnes qui n'en ont pas de rechange, et où elle ne pouvait exhiber toujours que le petit pli au-dessus de la lèvre supérieure, le relèvement des sourcils, quelques autres particularités physiques, toujours les mêmes qui, en somme, étaient à la merci d'une brûlure ou d'un choc. Ce visage, d'ailleurs, ne m'eût pas à lui seul semblé beau, mais il me donnait l'idée et par conséquent, l'envie de l'embrasser à cause de tous les baisers qu'il avait dû supporter et que, du fond de la « carte-album », il semblait appeler encore par ce regard coquettement tendre et ce sourire artificieusement ingénu. Car la Berma devait ressentir effectivement pour bien des jeunes hommes ces désirs qu'elle avouait sous le couvert du personnage de Phèdre et dont tout, même le prestige de son nom qui ajoutait à sa beauté et prorogeait sa jeunesse, devait lui rendre l'assouvissement si facile. Le soir tombait, je m'arrêtai devant une colonne de théâtre où était affichée la représentation que la Berma donnait pour le 1er janvier. Il soufflait un vent humide et doux. C'était un temps que je connaissais ; j'eus la sensation et le pressentiment que le jour de l'An n'était pas un jour différent des autres, qu'il n'était pas le premier d'un monde nouveau où j'aurais pu, avec une chance encore intacte, refaire la connaissance de Gilberte comme au temps de la Création, comme s'il n'existait pas encore de passé, comme si eussent été anéanties, avec les indices qu'on aurait pu en tirer pour l'avenir, les déceptions qu'elle m'avait parfois causées : un nouveau monde où rien ne subsistât de l'ancien... rien qu'une chose : mon désir que Gilberte m'aimât. Je compris que si mon cœur souhaitait ce renouvellement autour de lui d'un univers qui ne l'avait pas satisfait, c'est que lui, mon cœur, n'avait pas changé, et je me dis qu'il n'y avait pas de raison pour que celui de Gilberte eût changé davantage ; je sentis que cette nouvelle amitié c'était la même, comme ne sont pas séparées des autres par un fossé les années nouvelles que notre désir, sans pouvoir les atteindre et les modifier, recouvre à leur insu d'un nom différent. J'avais beau dédier celle-ci à Gilberte, et comme on superpose une religion aux lois aveugles de la nature, essayer d'imprimer au jour de l'An l'idée particulière que je m'étais faite de lui, c'était en vain ; je sentais qu'il ne savait pas qu'on l'appelât le jour de l'An, qu'il finissait dans le crépuscule d'une façon qui ne m'était pas nouvelle : dans le vent doux qui soufflait autour de la colonne d'affiches, j'avais reconnu, j'avais senti reparaître la matière éternelle et commune, l'humidité familière, l'ignorante fluidité des anciens jours.

Je revins à la maison. Je venais de vivre le 1er janvier des hommes vieux qui diffèrent ce jour-là des jeunes, non parce qu'on ne leur donne plus d'étrennes, mais parce qu'ils ne croient plus au nouvel An. Des étrennes j'en avais reçu mais non pas les seules qui m'eussent fait plaisir et qui eussent été un mot de Gilberte. J'étais pourtant jeune encore tout de même puisque j'avais pu lui en écrire un par lequel j'espérais en lui disant les rêves solitaires de ma tendresse en éveiller de pareils en elle. La tristesse des hommes qui ont vieilli c'est de ne pas même songer à écrire de telles lettres dont ils ont appris l'inefficacité.

Quand je fus couché, les bruits de la rue, qui se prolongeaient plus tard ce soir de fête, me tinrent éveillé. Je pensais à tous les gens qui finiraient leur nuit dans les plaisirs, à l'amant, à la troupe de débauchés peut-être, qui avaient dû aller chercher la Berma à la fin de cette représentation que j'avais vue annoncée pour le soir. Je ne pouvais même pas, pour calmer l'agitation que cette idée faisait naître en moi dans cette nuit d'insomnie, me dire que la Berma ne pensait peut-être pas à l'amour, puisque les vers qu'elle récitait, qu'elle avait longuement étudiés, lui rappelaient à tous moments qu'il est délicieux, comme elle le savait d'ailleurs si bien qu'elle en faisait apparaître les troubles bien connus – mais doués d'une violence nouvelle et d'une douceur insoupçonnée – à des spectateurs émerveillés dont chacun pourtant les avait ressentis par soi-même. Je rallumai ma bougie éteinte pour regarder encore une fois son visage. À la pensée qu'il était sans doute en ce moment caressé par ces hommes que je ne pouvais empêcher de donner à la Berma, et de recevoir d'elle, des joies surhumaines et vagues, j'éprouvais un émoi plus cruel qu'il n'était voluptueux, une nostalgie que vint aggraver le son du cor, comme on l'entend la nuit de la Mi-Carême, et souvent des autres fêtes, et qui, parce qu'il est alors sans poésie, est plus triste, sortant d'un mastroquet, que « le soir au fond des bois ». À ce moment-là un mot de Gilberte n'eût peut-être pas été ce qu'il m'eût fallu. Nos désirs vont s'interférant, et dans la confusion de l'existence, il est rare qu'un bonheur vienne justement se poser sur le désir qui l'avait réclamé.

Je continuai à aller aux Champs-Élysées les jours de beau temps, par des rues dont les maisons élégantes et roses baignaient, parce que c'était le moment de la grande vogue des Expositions d'aquarellistes, dans un ciel mobile et léger. Je mentirais en disant que dans ce temps-là les palais de Gabriel m'aient paru d'une plus grande beauté ni même d'une autre époque que les hôtels avoisinants. Je trouvais plus de style et aurais cru plus d'ancienneté sinon au palais de l'Industrie, du moins à celui du Trocadéro. Plongée dans un sommeil agité, mon adolescence enveloppait d'un même rêve tout le quartier où elle le promenait, et je n'avais jamais songé qu'il pût y avoir un édifice du XVIIIe siècle dans la rue Royale, de même que j'aurais été étonné si j'avais appris que la porte Saint-Martin et la porte Saint-Denis, chefs-d'œuvre du temps de Louis XIV, n'étaient pas contemporains des immeubles les plus récents de ces arrondissements sordides. Une seule fois un des palais de Gabriel me fit arrêter longuement ; c'est que la nuit étant venue, ses colonnes dématérialisées par le clair de lune avaient l'air découpées dans du carton et me rappelant un décor de l'opérette *Orphée aux Enfers*, me donnaient pour la première fois une impression de beauté.

Gilberte cependant ne revenait toujours pas aux Champs-Élysées. Et pourtant j'aurais eu besoin de la voir, car je ne me rappelais même pas sa figure. La manière chercheuse, anxieuse, exigeante que nous avons de regarder la personne que nous aimons, notre attente de la parole qui nous donnera ou nous ôtera l'espoir d'un rendez-vous pour le lendemain, et, jusqu'à ce que cette parole soit dite, notre imagination alternative, sinon simultanée, de la joie et du désespoir, tout cela rend notre attention en face de l'être aimé trop tremblante pour qu'elle puisse obtenir de lui une image bien nette.

À l'ombre des jeunes filles en fleurs,
première partie, Gallimard, 1919.

Troisième partie

Aphorismes et citations

« Puisse le ciel verser sur toutes vos années
Mille prospérités l'une à l'autre enchaînées ! »

Jean Racine, *Bérénice*, acte V, scène 6.

« – Je vous apporte mes vœux.
– Merci, je tâcherai d'en faire quelque chose. »

Jules Renard, *Journal*, 28 janvier 1901.

« Année. Période de trois cent soixante-cinq déceptions. »

Ambrose Bierce, *Le Dictionnaire du diable.*

« Je ne prendrai pas de calendrier cette année, car j'ai été très mécontent de celui de l'année dernière ! »

Alphonse Allais.

« Je vous souhaite des rêves à n'en plus finir et l'envie furieuse d'en réaliser quelques-uns. »

Jacques Brel, sur Europe 1, le 1er janvier 1968.

« Quand la fête est passée, on a des dettes et du linge sale. »

Proverbe alsacien.

Achevé d'imprimer en Italie
par Grafica Veneta en octobre 2024
Dépôt légal : novembre 2024
EAN : 9782290411674
OTP : L21ELLN001315-640637

—

Composition : PCA

—

ÉDITIONS J'AI LU
82, rue Saint-Lazare, 75009 Paris

Diffusion France et étranger : Flammarion

Librio
1380